discoteca selvagem

cecilia pavón

tradução e organização:
clarisse lyra
e mariana ruggieri

jabuticaba

Tradução: Clarisse Lyra e Mariana Ruggieri
Revisão: Rodrigo Alves do Nascimento
Design miolo: Marcelo F. Lotufo
Design capa: Tamara Lyra

Dados Internacionais de Catalogação na Publicação (CIP) de acordo com ISBD

P339d Pavón, Cecilia

Discoteca Selvagem / Cecilia Pavón ; organizado por Clarisse Lyra, Mariana Ruggieri ; traduzido por Clarisse Lyra, Mariana Ruggieri. - São Paulo : Edições Jabuticaba, 2019.
88 p. ; 14cm x 21cm.

Inclui índice.
ISBN: 978-85-93478-17-8

1. Literatura argentina. 2. Poesia. I. Lyra, Clarisse. II. Ruggieri, Mariana. III. Título.

2019-1843 CDD 868.9932
CDU 821.134.2(82)

Elaborado por Odilio Hilario Moreira Junior - CRB-8/9949

ISBN 978-859347817-8

Edições Jabuticaba
www.ediçõesjabuticaba.com.br
www.facebook.com.br/Edjabuticaba
instagram: @livrosjabuticaba

Índice

discoteca selvagem

cecilia pavón

God

Este é um pequeno poema que não fala
de Deus mas do Diabo

Um poema como um pássaro, que vou tentar fazer
o mais delicado possível

Desejo

Quantas formas de desejo existem? Podem ser tantas assim?

Não poderia acontecer um milagre, através do qual eu fechasse
os olhos e simplesmente te encontrasse me beijando e isso
portasse a marca da eternidade ou do infinito?

Mas deve haver tantos desejos quanto formas: quadrado,
com forma de flecha, redondo, triangular, pontiagudo,
com arestas, vertical, desfeito, inanimado.

Ainda me lembro do momento em que o amor parecia
possível: mês de novembro, ar luminoso, um rapaz
dormia comigo,
conversávamos na cama enquanto fumávamos maconha
e tabaco misturados, ele me dava a mão
por baixo do lençol.

Faz seis meses que não beijo ninguém.
Seis meses sem fazer amor. Tenho 27 anos,
desde os 18, nunca tinha acontecido.

Meu corpo está em estado de alerta, poderia usar muitos verbos
para descrevê-lo paredes que se levantam e são povoadas por
[espécies de heras mentais.

É outono, lamento que o inverno se aproxime.
Sinto que me devem um verão.

Pântano

Agora sou aquele que ama eternamente
Virgilio Piñera

Minha casa está ficando antiga,
está envelhecendo,
as paredes estão descascando e
não tenho dinheiro para consertá-las.
Não importa, gosto dela assim mesmo, passo a tarde
muito contente, limpando-a,
os interruptores, as maçanetas
das portas da dispensa, o
abajur de pele.
Ontem me ajoelhei diante do paraíso, mas
o paraíso não estava na minha casa,
estava em outro lugar,
vi enquanto caminhava,
era uma praça.
Uma praça besta com árvores secas e
enfeites de natal nos galhos,
cheia de cachorros e idosos, e crianças de
estatura bem baixa.
A primavera, que deu seus frutos, a tinha
enchido de pássaros silvestres.
Eu queria entrar, mas havia grades
(colocadas pela prefeitura).
Grades pretas e afiadas e olhando para elas
disse:
"Devolvam-me meu paraíso ou terei
que entrar à força, ainda que assim
não seja possível entrar,
terei que quebrar a porta de vidro com o meu corpo

e depois não será suficiente todo o sangue
que derramarei"
Quem sabe de que material são feitas
as portas da felicidade?
Eu nunca as vi.
Nunca apareceram para mim as escadas
que conduzem até ela.
Quando peguei o ônibus à tarde
ela me feriu com seu sabre de luz,
e muitas outras coisas me feriram
que eu não poderia descrever,
e repeti cismada a mesma
canção de sempre:
"o que eu realmente quero, o que de verdade
quero é um pântano"
haverá um pântano na praça, um pântano
para mim?
Sei que é uma ideia disparatada, por isso
também tenho chorado.
Não terei meu pântano, nunca o terei.
Mas posso imaginá-lo, perfeitamente, como
quem imagina o que os outros
dizem dele:
sua umidade transborda, há insetos
e o musgo é um grande anel, como um
tapete ao seu redor.
Meus pés escorregam e não tenho medo,
cipós cruzam o meu rosto,
cantam os pássaros pretos,
os animais se movem sigilosos,
milhares de estrelas aparecem e as trepadeiras
são como pessoas.

Você & Eu

Falemos como se não existissem mais escritores que não eu e você como se nenhum livro nunca tivesse sido publicado na história da humanidade como se os livros ainda não tivessem sido inventados como se nós estivéssemos agora formando nossas primeiras letras. De repente, o concreto derrete e as avenidas se transformam em ondas de material viscoso. Olhamos tudo do 13º andar correndo agitados pela varanda. Alguns dizem "vai passar" "vai passar". Mas é o Apocalipse, os livros não existem, é o Apocalipse, não existe a literatura policial nem a literatura argentina. Todos os livros ficaram submersos num porão que foi inundado. Inventamos nossas primeiras letras fazendo marcas nas tábuas do piso com um canivete suíço.

Férias

Estou feliz porque li um monte de livros,
li muitos autores importantes, Hemingway,
Montaigne, Santo Agostinho,
que me deram alegria.
A história da literatura é muito estranha,
Montaigne era um senhor cujo melhor
amigo morreu e que se fechou numa torre para escrever
[sobre si mesmo,
anos e anos escrevendo sobre si mesmo...
Não me digam que a literatura não é algo muito frágil.
A literatura é algo muito frágil.
Apesar de que pensando agora sempre encarei
a literatura de modo muito superficial.
E agora vou falar de outra coisa,
atos mínimos,
atos mínimos relacionados com a literatura ou com qualquer coisa.
Recentemente escrevi meu nome na primeira folha
do livro que estou lendo, coloquei:
"Cecilia Pavón, 2011".
Não sei por que fiz isso
talvez porque faço isso desde bem pequena
escrevo meu nome na primeira folha do
livro que leio e o ano, sempre o ano...
É infantil, eu sei.
Enquanto escrevo isso, meu namorado se chateia porque
não lhe dou atenção.
Estou escrevendo um poema instantâneo,
incluindo tudo o que acontece
e tenho a fantasia de que se eu escrever cada mínima
coisa que acontece, vou saber tudo
embora não saiba nada

se tocar tudo superficialmente através da frágil literatura
vou saber tudo embora não saiba nada...
enfim,
e a última coisa que queria acrescentar
embora não tenha nada a ver com nada
é que penso que a água sente
penso que a água tem sentimentos
penso que a água sofre e sente
que às vezes sente dor e às vezes alegria
e também que a tristeza e a chateação atravessam o planeta Terra.

Trança

E pensei que o meu dia é como uma longa trança de cabelo preto
e sedoso
e dentro dessa longa trança está este livro no qual caem
as palavras
um dia tenho fé
e um dia perco a fé
um dia tenho fé
e um dia perco a fé
e durante o dia se trançam a fé e a falta de fé
a fé e a falta de fé
a fé e a falta de fé.

The beauty of Music*

Não pense que a beleza da música vai te salvar,
nem sequer suspeite disso
Seu quarto é uma caixa de sapato
Seu aparelho de som é dos mais econômicos
pra pior, comprado num hipermercado atacado
Na noite passada você ouviu uma mulher cantando ao longe
e ficou muda, acendeu um cigarro,
nem deu uma olhadinha na direção da casa de shows
que ficava a uma quadra de casa
– sem contar que a entrada era livre –
Os discos que ouve agora
se transformarão em letras de canções
escritas com caneta vermelha em algum caderninho
durante as noites de insônia
Talvez algum dia sejam conhecidas
talvez cheguem até a tocar no rádio, e você as ouça no
walkman
quando for de ônibus para o trabalho
Mas não pense que por isso a beleza da música vai
te salvar
Tudo se remonta a uma noite de janeiro
Quando você tinha dezessete anos
Alguém telefonou com um convite para uma festa
Você queria ser DJ
e lá se foi com uma mochila cheia de fitas cassetes
Quando chegou não deixaram você tocar
disseram que não estavam interessados
então, você saiu correndo
e sem pensar
jogou todas as suas músicas no rio.

---

*Poema traduzido por Marília Garcia

A grande senhora

Sou uma grande senhora
que na verdade é como ser
uma grande serpente
com milhares de anéis
e escamas de metal.
Assim me imagino,
aqui sentada,
esperando a pessoa
pela qual estou apaixonada por engano
deveria me resignar e esquecer,
deveria saber que o desejo
é sempre uma doença
queria investigá-lo, o desejo,
e descobrir a bruxaria por trás dele
queria parti-lo em dois
– como uma enguia –
e ver que não se parece em nada
com o que penso que é.
Querida Gabriela,
te escrevo para te fazer uma pergunta,
Por que você nunca me visita pela tarde?
sempre à noite, quando
já está tudo escuro
Nas poucas vezes que vem é de madrugada.
É estranho: eu gosto de ver o seu rosto
com a luz do sol
ou sentar para tomar um café,
e ver o céu através dos seus olhos
Querida Gabriela,
minha intenção era fazer uma lista de "queridos"
com muitos outros nomes além do seu,

mas só coloquei você:
por que você sempre diz que sou má?
você repete isso várias vezes
e às vezes me lembro e fico pensando.
Você é minha melhor amiga
por isso sinto que cada partezinha sua
é uma das outras pessoas que desejo
e cujos nomes não me animo a escrever.
Esse sentimento é um pouco confuso
é como te esquartejar
não sei se devo te dizer isso,
porque não sei como você pode reagir.
Querida Gabriela:
os outros são sempre um mistério
Mas eu sei quem você é
te vejo
você se aproxima da janela
com delicadeza percebe algo na rua
sua pele é muito branca,
dos paraísos se desprende
uma brisa gelada em pleno verão
vejo sua roupa jogada no chão do seu quarto
montanhas de roupa
como uma nova paisagem
dentro de uma caixa.
De todos os vestidos que você provou
nenhum te agrada.
Mas para mim
todos te vestem bem.

Hoje vi um quadro

Hoje vi um quadro numa padaria aqui perto
parecia feito por uma mulher que estava em casa e que
algum dia fez um curso de pintura ou quem sabe
era enfermeira e pintava como hobby.
era uma imagem de um pátio colonial
o piso xadrez
vários vasos com arbustos
e um poço.
A pintura era extremamente tosca
mas me comoveu porque me reconheci nela
senti que meus poemas – este por exemplo –
eram seu equivalente.
O fato de estar numa padaria
também me fez pensar
que meus poemas eram como biscoitinhos
de canela mal-assados,
uns biscoitinhos que uma mulher
que não sabe nada de cozinha
decide fazer num domingo à tarde
quando não tem que ir trabalhar.

Beber

Dizem que meu irmão é um covarde
porque precisa beber para ser feliz
E que eu sou uma qualquer
Porque tatuei uma virgem mexicana na coxa.
Da minha parte, poderia dizer que não me interessam
nem o êxito nem o fracasso,
além disso, meu êxodo é interior
se me perguntam, nunca estarei à altura das
circunstâncias
ou por acaso eles sabem como alterar o fim do meu dia?
Olho fixamente uma lâmpada
imagino paisagens
manchas
serpentes de luz:
sempre se pode recomeçar
nunca se pode recomeçar
Pela segunda vez, ao fechar os olhos
penso em uma rua de Londres.

Sexo esportivo

A gente se olhava e se abraçava e era sexo esportivo
e outra vez voltava a se abraçar e a se olhar
e eu me sentava na poltrona
e abria as pernas e estava vestida
e era sexo esportivo
e depois olhava para ele estendido na cadeira
as pernas os ombros
e novamente
sexo esportivo sexo esportivo

Querido Timo

Essa noite me embebedei e ao deitar na cama e fechar os olhos imaginei que meu corpo se trasladava, porque sim, em linha horizontal. Sempre em linha horizontal, milhares e milhares de quilômetros. Primeiro chegava até a beira da Argentina, às margens do Rio da Prata; seguia, atravessava o mar... e aí meu pensamento se detinha, duvidava... tocava a África? Como você pode ver não está tão clara para mim a realidade do Globo (às vezes não sei se o Peru está aqui ou ali, onde está o Equador ou se o México está na América do Sul ou em Marte). Na verdade mais que uma pergunta era um desejo, eu desejava que me movendo sempre assim, em linha reta, meu corpo tocasse a Alemanha... que fosse possível passar de Berlim a Buenos Aires em um segundo sem pegar aviões, que todas as cidades divertidas do mundo estivessem uma seguida da outra, Lima, Buenos Aires, Berlim. Uma do lado da outra, pegando um ônibus de longa distância, um desses com vídeo e café. Você não acha que seria incrível, você que cruza o Oceano com tanta frequência fazendo o caminho das andorinhas, sempre ao revés?

Art Décó

quero fazer esculturas com
toalhas de mesa e xícaras
a cidade está cheia de grades
as antigas parecem patas de inseto
as modernas não se parecem
com nada
visito o museu e choro: uma caixa de areia não é um coração
lembro de uma artista brasileira: meu corpo é a minha casa, disse
ou minha casa é meu corpo
às margens do Rio da Prata
o poema é meu corpo
(os poemas mais belos me ocorrem dois segundos antes
  de pegar no sono
e sempre os esqueço)
pensamento diante da Torre de los Ingleses: a cidade é
  excessivamente grande,
a vida é um bolo feito de ar e chocolate
em contrapartida, os corretores da Bolsa
são os donos da cidade.

Coisas roubadas nos Estados Unidos

Morando em casas alheias
indo de uns braços a outros.
Sem dormir.
Fumando nas marquises
esperando ônibus entre mexicanos,
crianças e bebês.
Todos pobres, todos com camisetas com strass
Estou aqui,
na América
com uma sacola cheia de coisas roubadas:
rádios, computadores, microchips, barras de chocolate
vídeos, motos.

É maravilhoso gastar dinheiro...

É maravilhoso gastar dinheiro quando ele vem com facilidade. Como se fosse leve, limpo, e como se você estivesse fazendo um bem ao gênero humano, esses vinte dólares que agora saem do seu bolso colocarão em movimento centenas de indústrias. Agora mesmo esse cachecol verde com fios dourados viaja da loja até sua casa. O dinheiro faz com que as coisas se movam com magia pela cidade. Coisas que viajam em malas. A única coisa que importa em uma viagem é poder trazer coisas. As recordações são ilusões, os objetos, a única verdade que permanece, tempo e dinheiro. Quando você morrer, estará em sua cama, rodeada de objetos belos e significativos, roupas de estilistas talentosos ou livros de fotografia com folhas pesadas. As roupas caras são as únicas que caem bem. Os livros dos jovens poetas alemães são bonitos e são caros, as cadeiras de balanço de carvalho são bonitas e são caras, as taças de cristal, os anéis de falso brilhante, o champanhe. Ah, o ar nos Alpes parece feito de champanhe! A esta altura ninguém deveria trabalhar e todos deveriam gastar; ah os dólares alpinos! Se tirassem todo o dinheiro dos bancos suíços se formariam montanhas de francos suíços: Queria ter um quarto cheio de euros, do piso até o teto, entrar de madrugada quando está tudo escuro e pisá-los; pegaria um punhado sem olhar a quantidade e colocaria no bolso dos convidados, dormiria sobre os euros como se dormisse sobre o feno de um estábulo. Protegida pela comunidade europeia e seus monumentos.

Bicicleta roubada sequestrada*

Talvez a revolução esteja em seus corpos e eu não a veja

Essa é a história de uma bicicleta roubada.
Sei apenas que perto do canal está o dono,
ou a dona
Perto do canal,
perto de um canal.
Mas esqueci o nome das ruas.

Uma madrugada saímos de um bar revolucionário depois de beber
e minha bicicleta estava presa acidentalmente a outra,
uma corrente se enredava por entre os cabos do freio e
a mantinha
sujeita a um poste.
Todos iam embora
de táxi,
ônibus,
carros que já estavam cheios
e eu não podia pegar minha bicicleta
tive que deixá-la ali

Se alguém a encontrar
pode quebrar o cadeado
e a levar embora
mas de qualquer jeito era roubada
comprada por um preço muito baixo
no mercado de pulgas
ou num quintal suspeito nos fundos de uma casa
de uma mulher imigrante
não dava para entender muito bem o que ela dizia

---

*Poema traduzido por Marília Garcia

mas de todo modo dizia:
"esta ser bicicleta minha velha"
"esta não ser roubo"

São três da tarde de um dia de verão com vento
As árvores que até agora estavam secas
se movimentam todas carregadas
de folhas transbordantes de vida
Em vez de neve, fibras de pólen alongadas voam
  como insetos
Alguém prendeu sua bicicleta acidentalmente à minha
não sei se é um acidente ou um roubo
não sei se é um roubo ou se é a verdadeira dona
que sei que existe porque um dia se aproximou de mim num parque

Eu não sou a verdadeira dona, eu a comprei
por este preço tão baixo
neste quintal
nos fundos de uma casa
ou mercado de pulgas
de uma mulher com sotaque de estrangeira
de cabelo comprido e jeans gastos
que dizia
"não perigo, esta ser bicicleta minha passado"

Depois de conhecer a felicidade da bicicleta
Estar sem ela é como viver sem asas

Passavam os dias e a bicicleta seguia ali na ponte
o dono não vinha desatá-la
era verão, o pólen voava
manchado de sol
eu pedia bebidas que me faziam mal

como espresso
café
preto
sem leite
olhava para a bicicleta do outro lado da ponte e chorava

A bicicleta cor de rosa presa
por engano
pelo cabo do freio
à bicicleta celeste, oxidada, de um desconhecido

O sequestro da bicicleta roubada acontece
durante a única semana de sol do ano

As coisas importantes
as coisas raras
acontecem em momentos de decisão ou de loucura
por exemplo:
deixar o seu país,
cortar o cabo do freio
com um alicate para liberar a bicicleta,
desfrutar,
gozar
com o crime,
quebrar a roda da outra bicicleta ou
jogar ácido no banco
Algo assim.

A bicicleta era a minha única fonte de diversão.
Agora que está chegando o verão
e são poucas as horas de noite de verdade
a bicicleta era minha melhor,
minha única amiga.

Sei que parece besteira
é até simples demais,
mas passeando de bicicleta pela cidade
eu me sentia livre
a cidade era como uma paisagem
que eu podia ver de graça
passando a toda velocidade
pela janela de um trem intercity
só que a janela não tinha caixilhos
era uma janela sem limite
e cor de rosa
uma janela em forma de bicicleta cor de rosa
roubada
comprada de uma garota
que dizia "não ser perigo, não roubado, minha antes bicicleta"
Eu sabia que era roubada
mesmo assim comprei.
Um dia em um parque chegou para mim
a verdadeira dona
uma mulher de uns trinta anos
e disse que aquela era sua bicicleta
mas eu a defendi com unhas e dentes
inventei uma história estranhíssima
e complicada
com muitas etapas
de como essa bicicleta tinha
vindo de Paris de barco
pelo correio, desmontada
em uma caixa de papelão
enviada como presente por um ex-amante.
Se me tiram a bicicleta
o que mais me resta aqui?
Sim,

há os cafés revolucionários
onde se discute o futuro do mundo
Mas nada,
nada
pode se comparar
a ela.

Tempo

ser cool é ser livre

e o tempo é minha paixão

quero afagar o tempo

penso que o tempo é um bebê

e eu sou um bebê

e sou cool e sou livre

e o tempo é minha paixão.

Não quero falar com humanos

Não quero falar com humanos
talvez a poesia seja a salvação
ou talvez eu simplesmente
queira manter minha casa arrumada
pendurar as roupas
lavar as xícaras de café
molhar as plantas,
sem falar com humanos.
A poesia é falar com um gás,
embora humanos tenham escrito
poesia,
embora Elizabeth Bishop tenha escrito poesia
quando falava com um vulcão.
(Em uma entrevista de uma revista de arte
Vicky Colmegna diz que gostaria de
falar com os animais.)
Às vezes como mãe me sinto como um animal
quero proteger meu filho
apesar de que nunca sei muito bem como fazer
nunca compreendi o instinto materno
para além do encanto
com uma criatura pura
que cresce e cujas pernas espicham.
Quando fazemos amor,
às vezes,
quando estamos bem, quando não brigamos
sinto que sou parte de uma força sem nome
que me arrasta
e que me faz entender a beleza das flores
Não sei se entender é a palavra
suponho que o amor seja algo da graça

suponho que os animais também devem
sentir essa graça quando se acasalam
Mas não sei.
Agora vou passar outra tarde
pensando que a poesia é um gás
ou uma pedra
outra tarde pensando que gostaria
de dormir sobre uma pedra
grande e lisa,
outra tarde em que gostaria de sorrir
quando sinto que a poesia é um gás
que envolve o mundo
um gás que envolve o mundo
e eu só estou em minha casa
triste,
pendurando as roupas
e lavando as xícaras do café.

Balas de anis

Assim como existem as plantas apaixonadas pelo muro, existem as meninas apaixonadas pelo chão. Essa sou eu. Quando era adolescente, adquiri o costume de me jogar no chão para meditar e desde então nunca o abandonei. No inverno uso uma manta vermelha que roubei de um avião, no verão não uso nada e o frio das lajotas estabiliza o meu caráter eu gosto de escutar os meus discos deitada no chão, e isso não é um sinal de abatimento: daqui de onde estou a música é um flash! Daqui do chão vejo os móveis de outra perspectiva, parecem mais modernos ou mais antigos, parece que eles foram comprados recentemente.

Mãe

Estou gorda, e meu corpo está cheio de
uma comida que não comi
quando eu tiver o filho vou doá-lo
para o orfanato
ou o colocarei em um vaso
ou será uma manhã em Paris, ou na Guatemala
ou o terei entre cactos e ele vai se estraçalhar
todo, até se enfurecer
não me importa o sangue, nem a neblina
o quarto dele será um cubo de plumas
e suas roupas serão bordadas
depois virão as amigas e tomaremos
o chá em uma mesa de mármore

Alguma espessura, algum trilho, me levou
até o meio dos pratos e
dos talheres
– onde comia o pai –

Trazia umas folhas cor de rosa e lhe escrevi
uma carta:
"vamos sair daqui
quero que o garçom me traga
frio na barriga"

(Ele não pode se sentir mal porque ele não
é uma planta, que floresce)
E eu vou abortar e quero adorar o
piso de madeira

Em Cuba as crianças têm a obrigação
de nascer,
se alguém ler o meu pensamento vai
me mandar para lá
e isso é lamentável.

– Muito em breve será Natal, haverá
árvores artificiais –
sinto um impulso na direção dos animais
mortos do cardápio,
pássaros, vacas, frutos do mar,
hambúrgueres: Janto na Casa das
panquecas,
onde as paredes são macias como
travesseiros,
e posso matar a criança sem me levantar
do assento.

Agora sim, vou explodir, e sou sóbria

(a felicidade talvez seja algo que
não se deixa transluzir
nem mesmo através da saia)
O país todo é um deserto:
Vou matá-lo comendo limão: é tão azedo
que as ondas podem
alcançá-lo e deixá-lo loiro,
ou vou jantar fígado de lebre
Vamos ser pais!
Na manhã seguinte, os pássaros
do pátio comem as migalhas
dos nossos croissants.

Querida Fé

E penso que um novo período começa em minha vida
que é o de ser eu,
ser eu é ir flutuando e também me arrastar
flutuar e me arrastar ao mesmo tempo
me esqueço da mente e de tudo
agora Fé me entrego em suas mãos
Querida Fé:
não sei de que forma você aparecerá
mas em algum momento você vai aparecer
disso não tenho dúvida
Os poetas nunca sabem o que escrevem,
e aqui estou, tentando escrever bem
mas nunca vai rolar,
e cá entre nós, Querida Fé, se você aparecer transformada em algo
não acredito que seja transformada em poema.

Novo livro

1

Um poema é qualquer coisa
isto é algo branco
eu não deveria vir de tarde ao café
porque tem esse garçom
que uma vez me assediou.
Sempre esqueço e desço do mesmo jeito.
Penso que lá vou me reconectar com a poesia.
Quero me reconectar com a poesia.
Onde estão Damy, Gaby, Sergio, Santi,
Fer e todos os poetas?
Ler me faz bem,
mas me reconecta com a poesia?
Este é um texto para poetas
que a cada dia somos mais.

2

A caneta caiu estrondosamente no saguão
e depois se perdeu.
Então vai ser difícil escrever hoje.
Apesar de que a poesia é algo puro e radical,
algo fantástico,
e eu não deveria deixar de fazê-la
por nada desse mundo.
Nem pelo calor extremo
nem pela pobreza
que me impede de viajar.
Vou ficar em casa
enlevada pelo toque das palavras entre si.

Excitada,
Drogada,
Iluminada,
sozinha num sábado,
Desalmada,
Ardendo por reprimir o prazer
que estaria à minha espera lá,
na Discoteca Selvagem.

3

Trata-se de algo formal
Você é formal
Vou dormir sem lençóis para relembrar
Sentindo cada um de meus ossos
relembrando a
última tarde-verão
que passei em sua piscina
embora não seja a última de verdade.
Nunca vi um heliotrópio mas
o ouvi cantar em seu quintal
e também soube naquele instante
que essa era uma palavra poética
Às duas da manhã desse mesmo dia
Você me mandou um poema que chamou de "épico"
Era épico?
Não sei nada de gêneros
Falava do fim do mundo
e de poetas que morriam incendiados
Certamente em sua cabeça a humanidade já terminou.
Quem sobrevive em sua cabeça à humanidade?

4.

Não ligo se você me rejeita
não estou em uma cruzada pelo Amor
Era só a droga
e a visão
dessas poltronas vazias
no cantinho da sala
o que me mantinha sentada ali
Não o Êxito
Não o Desejo
Só sua roupa preta, em cima da sua roupa branca
Um sorriso perdido que depois
se desfigurou
Teria gostado de permanecer mais tempo na Eternidade
mas a saída final para esse Bairro estranho
me deixou tremendo
Você ama Buenos Aires inteira,
eu não.
Só sente Afeto por uma parte de minha quadra
que parece um Jardim:
"adeus, adeus, nunca mais nos veremos"
isso podia estar escrito
em uma folha guardada em minha Bolsa
ou em um Cartaz.

5

Queimaria todos os livros de poesia
por uma tarde de sol em sua piscina
hoje vou dormir sem lençóis
relembrando uma das tardes que passei ali
quando o verão estava indo embora,

seus cachorros latiam
enfurecidos
e os heliotrópios faziam uma rave
de música finlandesa.
E eu me dizia
"para além do sexo
agora tenho algo para contar"
Trocaria todo o meu guarda-roupa
Por uma noite dormindo na cama
dos seus pais
Com seu namorado no meio
nua, mas sem tocar ninguém
com a imaginação acesa pela tentação,
e depois sair pelo parque olhando as estrelas
se perderem no torvelinho do meu desejo.

Livro

Quero escrever um livro

onde a folha

seja o espaço

e minhas palavras sejam as estrelas

porque eu acredito que os planetas não são mais que emoção.

Porque tenho certeza de que os planetas
não são mais que emoção.

O festival das lágrimas

As lágrimas vêm ao Festival de
canções tristes
São todas diferentes, são todas lágrimas
por razões distintas
lágrimas de amor, lágrimas de
tédio, lágrimas de dor,
lágrimas de distância, e por fim
lágrimas de felicidade.
Mas não sei se essas existem.
Parece que nos dias de sol as pessoas não
sabem o que fazer:
paralisar-se na calçada.
Pelo menos comigo acontece, a paralisia,
ficar muda, fechar os olhos.
Ontem disseram que o mundo ia
acabar.
Nostradamus o havia previsto há
mais de mil anos. O eclipse, a
alienação
Mas nada aconteceu.
Se penso sobre isso com calma, é terrível,
é um choque grande para mim,
eu tinha acreditado que de verdade o
mundo acabaria
que tudo acabaria.
Havia ligado para as pessoas queridas
para me despedir
te amo, te amo, te amo, te amo,
te amo, te amo, te amo, te amo
e havia sentido um calor no corpo
O céu ontem à tarde estava esquisito. Laranja

e roxo, estranho, em tiras, rajado
como o pelo de um cão vira-lata.
O céu do dia antes do fim do mundo,
pensei, e foi certamente o que
pensaram todos que o viram
Esse céu!
Parada na calçada como estou agora
olhei em direção ao lugar de onde vêm
menos carros e suspirei, e meu corpo foi
raptado pelas voltas do amor.
Fui dormir sozinha. Peguei no sono lendo
um livro. De Freud.
Era tão idiota ler, mas eu lia.
Quando estava tão comovida à
tarde pela vinda do fim do mundo
não sabia se era medo ou empolgação.
O medo tinha a ver com agonizar, a
empolgação com ver o céu aceso.
Ver fogo no céu e sentir a força
de milhares de séculos se deter por
apenas um instante em apenas um lugar.
O lugar tinha como nome "Fim"
e também se chamava "Eu"
Às quatro da manhã o telefone
me acordou, era Gary que dizia que o
mundo já havia acabado há
duas décadas.
Desde os anos 70 tudo que acontece é irreal
disse, um pouco cansado porque vinha de
uma festa em que haviam dançado
muito para despedirem-se do mundo.
Não sei, lhe respondi, eu nasci em 73 não
vivi tanto tempo

Se o mundo tivesse acabado
teríamos morrido todos abraçados
vendo as coisas se espatifarem
e o melhor de tudo isso é que eu teria
realizado um sonho de infância.
Aos dez anos, durante o horário de
aula eu sonhava que o mundo
terminava a qualquer momento, por
uma guerra ou por qualquer coisa,
ia acontecer no recreio, todos os
coleguinhas juntos, minha melhor amiga
e o menino de quem eu gostava ao meu lado,
sem pais, morreríamos livres na
escola a série inteira de uma vez.

As regras da poesia contemporânea

As regras da poesia contemporânea
Me parecem objetivas e impiedosas
Algo que só alguns poucos podem dominar
E eu não estou entre eles
Além do mais, nós mães somos constantemente instadas
A nos perguntarmos pelo sustento
O sustento se arranja no mundo
Através da batalha, da dureza e da ambição
E nossos filhos são macios
São uma gruta de carne macia onde
As regras do mundo não fazem sentido nem têm fim.

A vanguarda

Tenho um milhão de poemas para repassar
(além de um beijo na casa do sonho)
Não sei se existe a vanguarda,
mas o futuro é um beijo na casa do sonho.
Para escrever um poema é preciso sentir-se estranha.
Não sei se existe a vanguarda, mas agora estou
Escrevendo um poema em uma praça e sou feliz
(neste mundo de inimigos).
A vanguarda é ser feliz neste mundo de inimigos.
A vanguarda é a alma que viaja
desde muitos séculos atrás.
Me olho escrever e penso que minha letra manuscrita forma
[uma ânfora
um recipiente,
uma ânfora de barro
em outra dimensão.

Nove formas de chorar

Estou na idade solitária da decapitação
Os rumores do além já não têm mais efeito
Não tocam ninguém
O calor é todo para mim
Uma tarde completa no meio da brisa,
e sei lá.
Pedacinhos de poeira, de garrafas de plástico
que se misturam com as folhas
em redemoinhos.
Há no espaço algo de papelão?
Uma espada de papelão
uma motocicleta
algo que sirva como roupa,
como escudo?
São onze da manhã
Estou dando voltas como uma sonâmbula
Vou descalça de arbusto em arbusto
Do ramalhete de lavandas ao esplendor da cerejeira
Agora que chego perto da trepadeira
Entendo melhor o jardim
Atirar-se com uma tábua pelas dunas,
Ver cobras e lagartos
Sonhar com cachorros sem cabeça.
Desde a infância nos movemos
pelos terrenos intergalácticos
da iluminação
O verdadeiro mistério é quem vive aí,
de que são feitas as casas
quem é o Dj.

Nota das organizadoras

querida mari

estou ouvindo electric feel, a canção de que cecilia fala naquele poema que não entrou na seleção. escrever depois dessa tradução ficou mais fácil e mais difícil, toda hora me vem um verso na cabeça. parece que vivo no planeta pavón, lustrando os móveis e pensando qual será o elemento químico do gás que é a poesia.

querida cacá

será que até o final dessa tradução entenderemos como é possível amar buenos aires inteira e só sentir afeto por um jardim? não sei se você reparou, mas o tapete da minha entrada - com os gatos dizendo welcome - está virado para o mundo. primeiro quis mudar, mas depois percebi que faz muito mais sentido ser bem-vinda na saída. escrevo isso e te imagino no seu quarto no alto da sereia.

querida mari

domingo foi seu aniversário. hoje lembrei do dia em que você, de todos os objetos da sala onde fazíamos a oficina de poesia com angélica freitas, escolheu a janela para escrever um poema. acho que foi nesse momento que te conheci. foi quando eu conheci a pavón também.

querida cacá

the beauty of music não vai nos salvar.

querida mari

estou indo para o ato na paulista. o que você disse não para de rodar em minha cabeça. queria que cecilia tivesse dito com uma daquelas frases afirmativas que ela adora de que é feita a salvação. pelo menos, estamos nos virando.

querida cacá

passei o dia todo na santa casa. a salvação é uma senha piscando no painel. é esquisito, hoje não pensei na pavón, mas pensei na tarde em que nos cruzamos no corredor e ambas queríamos fugir. você tem um poema preferido no livro? você também às vezes se sente como se o tivesse escrito? gosto de trabalhar com você, suas obsessões gramaticais *me dan risa.*

querida mari

um pequeno ato de parar - sem passividade - será o lugar da poesia? estava pensando no que deixamos de escrever e naquele verso da pavón que nos está dando tanto trabalho. tenho um milhão de redações para corrigir e nada que dizer num poema. conversar com você é ver o pensamento em movimento, ele dança na sua voz.

querida mari

notei que cecilia não costuma dar nome às flores. meu poema preferido é 'hoje vi um quadro'. eu não poderia tê-lo escrito porque ele é importante demais. sei que você gosta de 'livro', mas será o seu preferido? uma vez li que a poesia de pavón faz ver a performer emancipada que *late en toda chica tímida.* lembro disso e penso nos livros que as meninas leem sem que ninguém lhes peça.

querida cacá

a timidez é como um algodão doce que dissolve na boca. corrigir redações é se deparar com os poemas que não deixamos xs jovens escrever. o apartamento de cima está em reforma e penso que gosto disso de você sempre anteceder a sua fala com um silêncio acolchoado. se algum dia fôssemos morar juntas em uma casa, acredito que a deixaríamos envelhecer em paz.

querida cacá

revisando agora tudo junto percebo que gosto muito de 'festival das lágrimas'. nostradamus previu que o mundo ia acabar no meu aniversário de 11 anos. a matemática solar parecia perfeita. o recreio, interminável. tive medo e não tive medo. ando pela cidade e repito essa ideia da pavón: de que há plantas apaixonadas pelo muro e mulheres apaixonadas pelo chão. penso constantemente também na enguia como o animal do desejo.

querida mari

acabei de ler num poema da pavón que a vida é uma aventura pequena, como entrar num bar. essa semana fiz uma pequena maluquice, entrei à noite no mar. olhando para o horizonte, era como estar muito longe; virando a cabeça, continuava a cidade além da balaustrada, os ônibus seguiam, as pessoas voltando para casa. a vida é um labirinto, cecilia diz; o passado, uma alucinação. entre um mergulho e outro, pude dizer, meio louca, como ela -- estou pensando na água, estou feliz.

*

poemas em espanhol

God

Este es un pequeño poema que no habla
de Dios sino del Diablo

Un poema como un pájaro, que trataré de hacer
lo más delicado posible

Deseo

¿Cuántas formas de deseo existen? ¿puede ser que tantas?

¿No podría llegar un milagro, a través del cual yo cerrara
los ojos y simplemente te encontrara besándome y eso
cargara sobre sí la marca de la eternidad o el infinito?

Pero debe haber tantos deseos como formas: cuadrado,
con forma de flecha, redondo, triangular, con puntas,
con aristas, vertical, deshecho, inanimado.

Todavía recuerdo el momento en que el amor parecía
posible: mes de noviembre, aire luminoso, un muchacho
dormía conmigo,
hablábamos en la cama mientras fumábamos marihuana
y tabaco mezclados, él me tomaba la mano
bajo las sábanas.

Hace seis meses que no he besado a nadie.
Seis meses sin hacer el amor. Tengo 27 años,
desde los 18, nunca antes me había pasado.

Mi cuerpo en estado de alerta, podría usar muchos verbos
para describirlo paredes que se levantan
y que vienen a poblar especies de hiedras mentales.

Es otoño, lamento que se acerque el invierno.
Siento que me deben un verano.

Pantano

Ahora soy el que ama eternamente
Virgilio Piñera

Mi casa se está poniendo antigua,
está envejeciendo,
las paredes se están descascarando y yo
no tengo plata para arreglarlas.
No importa, me gusta igual, paso la tarde
muy contenta, limpiándola,
las llavecitas de la luz, las manijas
de las puertas de la alacena, la
lámpara de piel.
Ayer me arrodillé ante el paraíso, pero
el paraíso no estaba en mi casa,
estaba en otra parte,
cuando caminé lo vi,
era una plaza.
Una tonta plaza con árboles secos y
adornos de navidad en las ramas,
llena de perros y ancianos, y niños de
muy baja estatura.
La primavera, que dio sus frutos, la había
llenado de pájaros silvestres.
Yo quería entrar, pero tenía rejas
(se las puso la municipalidad).
Rejas negras y filosas y mirándolas
les dije:
"Devuélvanme mi paraíso o tendré
que entrar a las patadas, aunque así
no se entra,
tendré que romper la puerta de cristal con mi cuerpo
y después no alcanzará toda la sangre
que derramaré."
¿Quién sabe de qué material están hechas
las puertas de la felicidad?
Yo no las vi nunca.
Nunca se me aparecieron las escalinatas
que conducen hacia ella.

Cuando viajé en colectivo a la tarde
me hirió con su sable de luz,
y muchas más cosas me hirieron
que no podría describir,
y repetí encaprichada la misma
canción de siempre:
"lo que realmente quiero, lo que de verdad
quiero es un pantano"
¿habrá un pantano en la plaza, un pantano
para mí?
Sé que es una idea descabellada, por eso
también he llorado.
No tendré mi pantano, nunca lo tendré.
Pero lo imagino, perfectamente, como
quien imagina lo que los otros
dicen de él:
su humedad desborda, hay insectos
y el musgo es un gran anillo, como una
alfombra a su alrededor.
Mis pies se resbalan y no tengo miedo,
lianas me cruzan la cara,
cantan los pájaros negros,
los animales se mueven sigilosos,
salen miles de estrellas y las enredaderas
son como personas.

Vos & Yo

Hablemos como si no existieran más escritores que yo y vos como si no se hubiera publicado nunca ningún libro en la historia de la humanidad como si los libros todavía no se hubiesen inventado como si nosotros estuviésemos recién formando nuestras primeras letras. De repente, el concreto se derrite y las avenidas se transforman en olas de material viscoso. Miramos todo desde el piso 13 corriendo agitados por el balcón. Algunos dicen "ya pasará" "ya pasará". Pero es el Apocalipsis, los libros no existen, es el Apocalipsis, no existe la literatura policial ni la poesía argentina. Todos los libros quedaron sumergidos en un sótano que se inundó. Inventamos nuestras primeras letras haciendo marcas en parquet con una navaja suiza.

Vacaciones

Estoy contenta porque leí un montón de libros,
leí a muchos autores importantes, Hemingway,
Montaigne, San Agustín,
que me dieron felicidad.
La historia de la literatura es muy extraña,
Montaigne era un señor al que se le murió el mejor
amigo y se encerró en una torre a escribir sobre sí mismo,
años y años escribiendo sobre sí mismo…
No me digan que la literatura no es algo muy frágil.
La literatura es algo muy frágil.
Aunque ahora que lo pienso siempre me he tomado
a la literatura de manera muy superficial.
Y ahora voy a hablar de otra cosa,
actos mínimos,
actos mínimos relacionados con la literatura o lo que sea.
Recién escribí mi nombre en la primera hoja
del libro que estoy leyendo, puse:
"Cecilia Pavón, 2011".
No sé por qué lo hice
quizás porque lo hago desde muy chica
escribo mi nombre en la primera hoja del
libro que leo y el año, siempre el año…
Es infantil, ya sé.
Mientras escribo esto, mi novio se enoja porque
no le presto atención.
Estoy escribiendo un poema al instante,
incluyendo todo lo que pasa
y tengo la fantasía de que si escribo cada mínima
cosa que pasa, voy a saber todo
aunque no sepa nada
si rozo todo superficialmente a través de la frágil literatura
voy a saber todo aunque no sepa nada…
en fin,
y lo último que quería agregar
aunque no tenga nada que ver con nada
es que pienso que el agua siente
pienso que el agua tiene sentimientos
pienso que el agua sufre y siente
que a veces siente dolor y a veces felicidad
y también pienso que la tristeza y el enojo atraviesan el planeta Tierra.

Trenza

Y pensé que mi día es como una larga trenza de pelo negro
y sedoso
y dentro de esa larga trenza está este libro en el que caen
las palabras
un día tengo fe
y un día pierdo la fe
un día tengo fe
y un día pierdo la fe
y en el día se trenzan la fe y la falta de fe
la fe y la falta de fe
la fe y la falta de fe.

The beauty of Music

No pienses que la belleza de la música va a salvarte,
ni siquiera lo sospeches
Tu habitación es una caja de zapatos
Tu estéreo está entre los más económicos
para peor, comprado en un hyper-mercado de descuento
La noche anterior escuchaste de lejos a una mujer cantar
y te quedaste muda, prendiste un cigarrillo,
ni siquiera miraste hacia la puerta de la sala de conciertos
que estaba a una cuadra
–sin decir que la entrada era libre–
Los discos que escuchás hoy
se transformarán en letras de canciones
escritas con tinta roja en algún cuadernito
durante las tardes de insomnio
Quizás algún día se publiquen
quizás hasta lleguen a la radio, y las escuches en tu
walkman
cuando vas en el colectivo a trabajar
Pero no pienses que por eso la belleza de la música va a
salvarte
Todo se remonta a una noche de enero
Tenías 17 años

Alguien te llamó para invitarte a una fiesta
Querías ser Disc Jockey
y te fuiste con una mochila llena de casets
Cuando llegaste no te dejaron pasarlos
dijeron que no les interesaba
entonces, te fuiste corriendo
y sin pensarlo
tiraste toda la música al Río.

La gran señora

Soy una gran señora
que es en realidad como ser
una gran serpiente
con miles de anillos
y escamas de metal.
Así me imagino,
sentada acá,
esperando a la persona
de la que estoy enamorada por error
debería resignarme y olvidar,
debería saber que el deseo
es siempre una enfermedad
quisiera investigarlo, al deseo,
y descubrir la brujería que hay detrás de él
quisiera partirlo en dos
–como a una anguila–
y ver que no se parece en nada
a lo que yo pienso que es.
Querida Gabriela:
te escribo para hacerte una pregunta,
¿Por qué nunca me venís a visitar por la tarde?
siempre de noche, cuando
ya está todo oscuro
Las pocas veces que venís es a la madrugada.
Es extraño: a mí me gusta ver tu cara
con la luz del sol
o sentarnos a tomar café,

y mirar el cielo a través de tus ojos
Querida Gabriela:
mi intención era hacer una lista de "queridos"
con muchos otros nombres además del tuyo,
pero te puse sólo a vos:
¿por qué siempre decís que soy mala?
lo repetís una y otra vez,
y a veces lo recuerdo y me quedo pensando.
Vos sos mi mejor amiga
por eso siento que cada partecita tuya
es una de las otras personas que deseo
y cuyos nombres no me animo a escribir.
Este sentimiento es un poco confuso
es como descuartizarte
no sé si decírtelo,
porque no sé cómo te lo vas a tomar.
Querida Gabriela:
los demás son siempre un misterio
Pero yo sé quién sos vos:
te miro
te acercás a la ventana
con delicadeza percibís algo en la calle
tu piel es muy blanca,
de los paraísos se desprende
una brisa helada en pleno verano
veo tu ropa tirada en el piso de tu habitación
montañas de ropa
como un nuevo paisaje
adentro de una caja.
De todos los vestidos que te probaste
nada te gusta.
Pero para mí
te quedan todos bien.

Hoy vi un cuadro

Hoy vi un cuadro en una panadería de acá a la vuelta
parecía hecho por una mujer que estaba en su casa y
alguna vez tomó un curso de pintura o quizás
era enfermera y pintaba como hobby.
era una imagen de un patio colonial
el piso en damero
varias macetas con arbustos
y un aljibe.
La pintura era extremadamente torpe
pero me conmovió porque me reconocí en ella
sentí que mis poemas –este por ejemplo–
eran su equivalente.
El hecho de que estuviera en una panadería
también me hizo pensar
que mis poemas eran como galletitas
de canela mal horneadas,
unas galletitas que una mujer
que no sabe nada de cocina
decide hacer un domingo por la tarde
cuando no tiene que ir a trabajar.

Beber

Dicen que mi hermano es un cobarde
porque necesita beber para ser feliz
Y que yo soy una cualquiera
porque me tatué una virgen mejicana en un muslo.
Por mi parte, podría decir que no me interesan
el éxito ni el fracaso
además, mi éxodo es interior
si me preguntan, nunca estaré a la altura de las
circunstancias
¿o acaso ellos saben cómo cambiar el final de mi día?
Miro fijamente una lámpara
imagino paisajes
manchas

víboras de luz:
siempre se puede recomenzar
nunca se puede recomenzar
Por segunda vez, al cerrar los ojos
pienso en una calle de Londres.

Sexo deportivo

Nos mirábamos y nos abrazábamos y era sexo deportivo
y otra vez nos volvíamos a abrazar y a mirar
y yo me sentaba en el sillón
y abría las piernas y tenía ropa
y era sexo deportivo
y después lo miraba extendido en la silla
sus piernas sus hombros
y nuevamente
sexo deportivo sexo deportivo.

Querido Timo

Anoche me emborraché y al acostarme en la cama y cerrar los ojos imaginé que mi cuerpo se trasladaba, porque sí, en línea horizontal. Siempre en línea horizontal, miles y miles de kilómetros. Primero llegaba hasta el borde de Argentina, a orillas del Río de la Plata; seguía, seguía, atravesaba el mar...y ahí mi pensamiento se detenía, dudaba... ¿tocaba África? Como ves no tengo para nada clara la realidad del Globo (a veces no sé si Perú está aquí o allá, donde está Ecuador o si México está en América del Sur o en Marte). En realidad más que una pregunta era un deseo, yo deseaba que moviéndome siempre así, en línea recta, mi cuerpo tocara Alemania...que se pudiera pasar de Berlín a Buenos Aires en un segundo sin tomar aviones, que todas las ciudades copadas del mundo estuvieran una a continuación de otra, Lima, Buenos Aires, Berlín. Una al lado de la otra, tomando un micro de larga distancia, uno de esos con video y café. No pensás que sería buenísimo, vos que cruzás el Océano tan seguido haciendo el recorrido de las golondrinas, siempre al revés?

Art Décó

quiero hacer esculturas con
manteles y tazas
la ciudad está llena de rejas
las antiguas parecen patas de insectos
las modernas no se parecen
a nada
visito el museo y lloro: una caja de arena no es un corazón
recuerdo a una artista brasilera: mi cuerpo es mi casa, dijo
o mi casa es mi cuerpo
a orillas del Río de la Plata
el poema es mi cuerpo
(los poemas más bellos se me ocurren dos segundos antes
de dormirme
y siempre los olvido)
pensamiento frente a la Torre de los Ingleses: la ciudad es
demasiado grande,
la vida es un pastel hecho de aire y chocolate
en cambio, los agentes de la Bolsa
son los dueños de la ciudad.

Cosas robadas en los Estados Unidos

Viviendo en las casas de los demás
yendo de unos brazos a otros.
Sin dormir.
Fumando en los porches
esperando buses entre mejicanos,
niños y bebés.
Todos pobres, todos con remeras con strass
Estoy acá,
en América
con un bolso lleno de cosas robadas:
radios, computadoras, microchips, barras de dulce
videos, motos.

Es maravilloso gastar el dinero...

Es maravilloso gastar el dinero cuando lo ganás con facilidad. Como si fuera liviano, limpio, y como si estuvieras haciéndole un bien al género humano, estos veinte dólares que ahora salen de tu bolsillo pondrán en movimiento cientos de industrias. Desde ahora esa bufanda verde con hilos dorados viaja de la tienda a tu casa. El dinero hace que las cosas se muevan con magia por la ciudad. Cosas que viajan en valijas. Lo único importante de viajar es traer cosas. Los recuerdos son ilusiones, los objetos, la única verdad que permanece, tiempo y dinero. Cuando te mueras lo harás en tu cama, rodeada de objetos bellos y significativos, ropa de diseñadores talentosos, o libros de fotografías con hojas pesadas. La ropa cara es la única que queda bien. Los libros de los poetas jóvenes alemanes son hermosos y son caros, las mecedoras de haya son hermosas y son caras, las copas de cristal, los anillos de falso brillante, el champagne. Ah, el aire en los Alpes está como hecho de champagne! A esta altura, nadie debería trabajar y todos deberían gastar; ah los dólares alpinos! Si sacaran todo el dinero de los bancos suizos se formarían montañas de francos suizos: Quisiera tener una habitación llena de euros, desde el piso hasta el techo, entrar en la madrugada cuando está todo oscuro y pisarlos; tomaría un puñado sin mirar la cantidad y los pondría en los bolsillos de los invitados, dormiría sobre los euros como si durmiera sobre el heno de un establo. Protegida por la comunidad europea y sus monumentos.

Bicicleta robada secuestrada

Quizás la revolución está en sus cuerpos y yo no la vea

Esta es la historia de una bicicleta robada.
Sólo sé que cerca del canal está el dueño,
o la dueña
Cerca del canal,
cerca de un canal.
Pero he olvidado el nombre de las calles.

Una madrugada salimos de beber de un bar revolucionario
y mi bicicleta estaba atada accidentalmente a otra,

una cadena se enredaba por entre los cables del freno y la
mantenía
sujeta a un poste.
Todos se iban
en taxis,
en colectivos
en autos que estaban ya llenos
y a mi bicicleta, yo no la podía sacar
tuve que dejarla ahí

Si alguien la encuentra
rompe el candado
y se la lleva
pero de todas formas era robada,
comprada por muy bajo precio
en el mercado de pulgas
o en un patio de atrás sospechoso
a una mujer inmigrante
a quien que no se le entendía muy bien lo que decía,
pero de todos modos decía:
"esta ser bicicleta mía vieja"
"esta no ser robo"

Son las tres de la tarde de un día de verano con viento
Los árboles que hasta ahora había visto secos
se mueven demasiado cargados
de hojas rebosantes de vida.
En lugar de nieve, hebras de polen alargadas que vuelan
como insectos.
Alguien ató su bicicleta accidentalmente a la mía
no sé si es un accidente o es un robo
no sé si es un robo o es la verdadera dueña
que sé que existe porque un día se me acercó en un parque

Yo no soy la verdadera dueña, yo la compré
por ese precio tan bajo,
en ese patio
de atrás
o mercado de pulgas
a una mujer con acento extranjero

de pelo largo y jeans gastados
que decía
“no peligro, esta ser bicicleta mía pasado”

Luego de conocer la felicidad de la bicicleta
estar sin ella es como vivir sin alas

Pasaban los días y la bicicleta seguía ahí en el puente
el dueño no la venía a desatar
era verano, volaba el polen
manchado de sol
yo pedía bebidas que me hacían mal
como expresso
café
negro
sin leche
miraba la bicicleta desde el otro lado del puente, y lloraba.

La bicicleta rosada atada
a través del cable del freno
por error
a la bicicleta celeste, oxidada, de un desconocido.

El secuestro de la bicicleta robada sucede
durante la única semana de sol del año.

Las grandes cosas
las cosas raras
suceden en momentos de decisión o de locura
por ejemplo:
dejar su país,
cortar el cable del freno
con una pinza para liberar a la bicicleta,
disfrutar,
gozar
con el crimen,
romperle la rueda a la otra bicicleta o
tirarle ácido al asiento.
Algo así.

La bicicleta era mi única fuente de diversión.
Ahora que está llegando el verano
y hay pocas horas de verdadera noche
la bicicleta era mi mejor,
mi única amiga.
Es tonto decirlo
es hasta tan simple
pero con la bicicleta paseando por la ciudad
me sentía libre
la ciudad era como un paisaje
que yo podía ver gratis
pasando a toda velocidad
por la ventana de un tren intercity
sólo que la ventana no tenía marcos
era una ventana sin limite
y rosada
una ventana con forma de bicicleta rosada
robada
comprada a una chica
que decía „no ser peligro, no robado, mía antes bicicleta"

Yo sabía que era robada
igual la compré.
Un día en un parque se acercó
la verdadera dueña
una mujer de unos treinta años
y dijo que esa sería su bicicleta
pero yo la defendí con uñas y dientes
inventé una historia extrañísima
complicada
con muchas etapas
de cómo esa bicicleta había
venido de Paris en barco
en correo, desarmada
en una caja de cartón
enviada como obsequio por un ex amante.

¿Si me quitan la bicicleta
qué más me queda acá?
Sí,
están los Cafés Revolucionarios
donde se discute el futuro del mundo.
Pero nada,
nada
puede compararse
con ella.

Tiempo

ser cool es ser libre

y el tiempo es mi pasión

quiero acariciar el tiempo

pienso que el tiempo es un bebé

y yo soy un bebé

y soy cool y soy libre

y el tiempo es mi pasión.

No quiero hablar con humanos

No quiero hablar con humanos
quizás la poesía sea la salvación
o quizás simplemente
quiero mantener ordenada mi casa
colgar la ropa
lavar las tazas de café
regar las plantas,
sin hablar con humanos.
La poesía es hablar con un gas,

aunque la hayan escrito
humanos,
aunque la escribió Elizabeth Bishop
cuando hablaba con un volcán.
(En una entrevista de una revista de arte
Vicky Colmegna dice que le gustaría
hablar con los animales.)
A veces como madre me siento como un animal
quiero proteger a mi hijo
aunque nunca sé bien cómo hacerlo
nunca comprendí el instinto maternal
más allá del embelesamiento
con una criatura pura
que crece y a la que se le estiran las piernas
Cuando hacemos el amor,
a veces,
cuando estamos bien, cuando no peleamos
siento que soy parte de una fuerza sin nombre
que me arrastra
y que me hace entender la belleza de las flores
No sé si es entender la palabra
supongo que el amor es algo de la gracia
supongo que los animales también deben
sentir esa gracia cuando se aparean
Pero no sé.
Ahora, voy a pasar otra tarde
pensando en que la poesía es un gas
o una piedra
otra tarde pensando que me gustaría
dormir sobre una piedra
grande y lisa,
otra tarde en la que me gustaría sonreír
cuando siento que la poesía es un gas
que envuelve el mundo
un gas que envuelve el mundo
y yo sólo estoy en mi casa
triste,
colgando la ropa
y lavando las tazas del café.

Caramelos de anís

Así como existen las plantas enamoradas del muro, existen las chicas enamoradas del piso. Esa soy yo. De adolescente, tomé la costumbre de tirarme al piso a meditar y desde entonces nunca la abandoné. En invierno uso una manta roja que me robé de un avión, en verano no uso nada y el frío de las baldosas me estabiliza el carácter me gusta escuchar mis discos acostada en el piso, y esto no es un signo de abatimiento: desde aquí la música es un flash! Desde el piso veo los muebles desde otra perspectiva, parecen más modernos o más antiguos, parece que los hubiera comprado recién.

Madre

Estoy gorda, y mi cuerpo está relleno de
una comida que no comí
cuando tenga el hijo lo regalaré
al orfelinato
o lo pondré en un jarrón,
o será una mañana en París, o en Guatemala,
o lo tendré entre cactus y se desgarrará
por completo, hasta rabiar
no me importa la sangre, ni la neblina
su cuarto será un cubo de plumas
y su ropa será labrada
después vendrán las amigas y tomaremos
el té en una mesa de mármol

Alguna espesura, algún carril, me llevó
hacia el medio de los platos y
los cubiertos
–donde comía el padre–

Llevaba unas hojas rosadas y le escribí
una carta:
"salgamos de aquí,
quiero que el mozo me traiga
mariposas en el estómago"

(Él no se puede sentir mal porque él no
es una planta, que florece)
Y yo, voy a abortar y quiero adorar el
piso de pino

En Cuba los niños tienen la obligación
de nacer,
si alguien me lee el pensamiento me
mandará para allá
y lo resiento.

–Muy pronto será Navidad, habrá
árboles artificiales–
me siento impulsada hacia los animales
muertos del menú,
pájaros, vacas, frutos de mar,
hamburguesas: Ceno en la Casa de
los panqueques,
donde las paredes son blandas como
almohadas,
y puedo matar al niño sin salirme
del asiento.

Ahora sí, voy a explotar, y soy sobria

(la felicidad es quizás algo que
no se deja traslucir,
ni siquiera a través de la falda)
Todo el país es un desierto:
Voy a matarlo comiendo limón: es tan
agrio que las ondas pueden
alcanzarlo y volverlo rubio,
o voy a cenar hígado de liebre
¡Seremos padres!
En la mañana siguiente, los pájaros
del patio comen las migas
de nuestros croissants.

Querida Fe

Y pienso que un nuevo periodo comienza en mi vida
que es el de ser yo,
ser yo es ir flotando y también arrastrarme
flotar y arrastrarme a la vez
me olvido de la mente y de todo
ahora Fe me entrego a tus manos
Querida Fe:
no sé de qué forma te aparecerás
pero en algún momento vas a aparecerte
de eso no tengo dudas
Los poetas nunca saben lo que escriben,
y acá estoy, tratando de escribir bien
pero nunca me va a salir,
y aparte Querida Fe, si te aparecés convertida en algo
no creo que lo hagas convertida en poema.

Nuevo libro

1

Un poema es cualquier cosa
esto es algo blanco
no tengo que venir a la tarde al bar
porque está ese mozo
que una vez me acosó.
Siempre me olvido y bajo igual.
Pienso que ahí me voy a reconectar con la poesía.
Quiero reconectarme con la poesía.
¿dónde están Damy, Gaby, Sergio, Santi,
Fer y todos los poetas?
Leer me hace bien,
pero ¿me reconecta con la poesía?
Este es un texto para poetas
que cada vez somos más.

2

La birome cayó estrepitosamente en el Hall
y después se perdió.
Entonces, me va a resultar difícil escribir hoy.
Aunque la poesía es algo puro y radical,
algo fantástico,
y no debería dejar de hacerla
por nada del mundo.
Ni por el calor extremo
ni por la pobreza
que me impide viajar.
Me voy a quedar en casa
elevada por el rozarse de las palabras entre sí.
Excitada,
Drogada,
Iluminada,
sola un sábado,
Desalmada,
Ardiendo por reprimir el placer
que me esperaría allá,
en la Discoteca Salvaje.

3

Se trata de algo formal
Sos formal
Voy a dormir sin sábanas para recordarlo
Sintiendo cada uno de mis huesos
Recordando la
última tarde verano
que pasé en tu pileta
aunque no sea la última de verdad.
Nunca vi un heliotropo pero
lo escuché cantar en tu patio
y también supe en el instante
que ésa era una palabra poética
A las dos de la mañana de ese mismo día
Me mandaste un poema que llamaste “épico”
¿Era épico?

No sé nada de géneros
Hablaba del fin del mundo
y de poetas que morían incendiados
Seguramente la humanidad está terminada en tu mente.
¿quién la sobrevive en tu mente a la humanidad?

4

No me importa que me rechaces,
no estoy en una cruzada por el Amor
Era sólo la droga
y la visión
de esos sillones vacíos
en la esquinita de la sala
lo que me mantenía sentada ahí
No el Éxito
No el Deseo
Sólo tu ropa negra, sobre tu ropa blanca
Una sonrisa perdida que luego
se desfiguró
Hubiese querido permanecer más tiempo en la Eternidad
pero la salida final hacia ese Barrio extraño
me dejó temblando
Amás todo Buenos Aires,
yo no.
Sólo siente Afecto por una parte de mi cuadra
que se parece a un Jardín:
"adiós, adiós nunca más nos veremos"
eso podría haber estado escrito
en una hoja guardada en mi Bolso
o en un Cartel.

5

Quemaría todos los libros de poesía
por una tarde de sol en tu pileta
hoy voy a dormir sin sábanas
recordando una de las tardes que pasé allí
cuando el verano se iba,
tus perros ladraban

enfurecidos
y los heliotropos hacían una rave
de música finlandesa.
Y yo me decía
"más allá del sexo
ahora tengo algo para contar"
Cambiaría todo mi guardarropas
Por una noche durmiendo en la cama
de tus padres
Con tu novio en el medio
desnuda pero sin tocar a nadie
con la imaginación encendida por la tentación,
y después salir al parque mirando las estrellas
perderse en el torbellino de mi deseo.

Libro

Quiero escribir un libro

donde la hoja

sea el espacio

y mis palabras sean las estrellas

porque yo creo que los planetas no son más que emoción.

Porque estoy segura de que los planetas
no son más que emoción.

El festival de las lágrimas

Las lágrimas vienen al Festival de
canciones tristes
Son todas distintas, son todas lágrimas
por distintas razones
lágrimas de amor, lágrimas de

aburrimiento, lágrimas de dolor,
lágrimas de distancia, y al final
lágrimas de felicidad.
Pero estas no sé si existen.
Parece que los días de sol la gente no
sabe qué hacer:
paralizarse en la vereda.
Al menos a mí me pasa, la parálisis,
estar muda, cerrar los ojos.
Ayer dijeron que se terminaba el
mundo.
Nostradamus lo había predicho hacía
más de mil años. El eclipse, la
alineación
Pero no pasó nada.
Si lo pienso detenidamente, es terrible,
es un golpe muy fuerte para mí,
yo había creído que en verdad se
terminaba el mundo,
que se terminaba todo.
Había llamado a las personas queridas
para despedirme
te amo, te amo, te amo, te amo,
te amo, te amo, te amo, te amo
y había sentido un calor en el cuerpo
El cielo ayer tarde estaba raro. Naranja
y violeta, extraño, a franjas, veteado,
como el pelo de un perro callejero.
El cielo del día antes del fin del mundo,
pensé, y es lo que seguramente
pensaron todos los que lo vieron
¡Ese cielo!
Parada en la vereda como estoy ahora
miré hacia el lugar de donde vienen
menos autos y suspiré, y mi cuerpo fue
raptado por las vueltas del amor.
Me fui a dormir sola. Me dormí leyendo
un libro. De Freud.
Era tan tonto leer, pero yo leía.
Cuando estaba tan emocionada a la

tarde por la venida del fin del mundo
no sabía si era miedo o excitación.
El miedo tenía que ver con agonizar, la
excitación con ver el cielo encendido.
Ver fuego en el cielo y sentir la fuerza
de miles de siglos detenerse por un
solo instante en un solo lugar.
El lugar tenía como nombre "Fin"
y también se llamaba "Yo"
A las cuatro de la mañana me despertó
el teléfono, era Gary que decía que el
mundo ya se había terminado hacía
dos décadas.
Desde el 70 todo lo que pasa es irreal
dijo, un poco cansado porque venía de
una fiesta en la que habían bailado
mucho para despedir al mundo.
No sé, le respondí, yo nací en el 73 no
he vivido tanto tiempo
Si el mundo se hubiese terminado
hubiésemos muerto todos abrazados,
viendo las cosas estrellarse,
y lo mejor de todo es que yo hubiese
concretado un sueño de infancia.
A los diez años, durante la hora de
clase yo soñaba que en el mundo se
acababa en cualquier momento, por
una guerra o por cualquier cosa,
iba a pasar en el recreo, todos los
compañeros juntos, mi mejor amiga
y el chico del que yo gustaba a mi lado,
sin padres, moriríamos libres en la
escuela todo el grado a la vez.

Las reglas de la poesía contemporánea

Las reglas de la poesía contemporánea
Me parecen objetivas e impiadosas
Algo que sólo unos pocos pueden dominar

Y yo no estoy entre ellos
Además, las madres somos arrojadas constantemente
A preguntarnos por el sustento
El sustento se consigue en el mundo
A través de la batalla, la dureza y la ambición
Y nuestros hijos son blandos
Son una cueva de carne blanda donde
Las reglas del mundo no tienen sentido ni fin.

La Vanguardia

Tengo un millón de poemas que pasar
(además de un beso en la casa del sueño)
No sé si existe la vanguardia,
pero el futuro es un beso en la casa del sueño.
Para escribir un poema hay que sentirse rara.
No sé si existe la vanguardia, pero ahora estoy
Escribiendo un poema en una plaza y soy feliz
(en este mundo de enemigos).
La vanguardia es ser feliz en este mundo de enemigos.
La vanguardia es el alma que viaja
desde muchos siglos atrás.
Me miro escribir y pienso que mi letra manuscrita forma un ánfora
un recipiente,
un ánfora de barro
en otra dimensión.

Nueve formas de llorar

Estoy en la edad solitaria de la decapitación
Los rumores del más allá ya no tienen efecto
A nadie tocan
El calor lo es todo para mí
Una tarde completa en medio de la brisa,
y nada.
Pedacitos de polvo, de plástico de botella
que se mezclan con las hojas

en remolinos.
¿Hay en el espacio algo de cartón?
¿Una espada de cartón
una motocicleta
algo que sirva como ropa,
como escudo?
Son las once de la mañana
Estoy dando vueltas como una sonámbula
Voy descalza de arbusto en arbusto
Del ramillete de lavandas al esplendor del cerezo
Ahora que me acerco a la enredadera
Entiendo mejor al jardín
Tirarse con una tabla por las dunas,
Ver víboras y lagartos
Soñar con perros sin cabeza.
Luego de la infancia una se mueve
por los terrenos intergalácticos
de la iluminación
El verdadero misterio es quién vive ahí,
de qué están hechas las casas
quién es el Dj.

*

Agradecemos à Marília Garcia por ter cedido duas traduções suas para esta publicação. Também a agradecemos pela leitura e sugestões.

Os poemas "Pantano", "Madre" e "La gran señora" foram originalmente publicados em *¿Existe el amor a los animales?* (2001); "Deseo", "El festival de las lágrimas", "Nuevo libro" e "Cosas robadas en los Estados Unidos" em *Virgen* (2001); o poema "Nueve formas de llorar" em *Un hotel con mi nombre* (2001); "Bicicleta robada secuestrada", "The beauty of Music", "Caramelos de anís", "Beber", "Querido Timo" e "Art Décó" em *Caramelos de anís* (2004); "Vos y yo" e "Es maravilloso gastar el dinero..." em *Poema robado a Claudio Iglesias* (2009); "Hoy vi un cuadro", "Sexo deportivo", "God" e "No quiero hablar con humanos" em *Hoy vi un cuadro* (2010); "Trenza", "Tiempo", "Libro", "Las reglas de la poesía contemporánea" e "Querida Fe" em *Cada día es único aunque parezca igual* (2012); e o poema "La vanguardia" em *La crítica de arte* (2016).

Outros títulos das Edições Jabuticaba

Sereia no copo d'água — Nina Rizzi
posfácio Estela Rosa

Por qual árvore espero — Eileen Myles
trad. Mariana Ruggieri, Camila Assad e Cesare Rodrigues

Variações sobre tonéis de chuva — Jan Wagner
trad. Douglas Pompeu

A invenção dos subúrbios — Daniel Francoy
posfácio Guilherme Gontijo Flores

Que tempos são estes — Adrienne Rich
trad. Marcelo F. Lotufo

Por trás e pela frente primeiro — Kurt Schwitters
trad. Douglas Pompeu

As Helenas de Troia, NY — Bernadette Mayer
trad. Mariana Ruggieri

O método Albertine — Anne Carson
trad. Vilma Arêas e Francisco Guimarães

O hábito da perfeição — Gerard Manley Hopkins
trad. Luís Bueno

Os elétrons (não) são todos iguais — Rosmarie Waldrop
trad. Marcelo F. Lotufo

Cálamo — Walt Whitman
trad. Eric Mitchell Sabinson

Nocaute / 6 poetas / Cuba / hoje — org. José Ramón Sánchez
trad. Rodrigo A. do Nascimento e Mariana Ruggieri

Diário de classe — Antonio Arnoni Prado
apresentação Vilma Arêas

Sotto voce e outros poemas — John Yau
trad. Marcelo F. Lotufo

jabuticaba

Este livro foi impresso na gráfica psi7,
em papel pólen soft 80 g/m² (miolo) e cartão
250g/m² (capa) e composto em Garamond